句集

菊日和

蔭山節子

土曜美術社出版販売

目次

春

柔かき蓬摘みつつ香りけり

菜の花や利根川波の立ち光る

薄塩の葉を巻きてあり桜餅

山門の厚き軒反り梅香る

開帳や銀かんむりの稚児の列

蘆の芽のほぐれ二葉のとがり出づ

糠雨に濡れてふくらみ柳の芽
草に紛れずぜんまいの芽の出づる
大榧に日ざし遍く彼岸寺

沼半ば杭に舞ひ降り春の鴨

山水に籾種浸す農家かな

春風や波止場へ靡く大漁旗

大バケツ水溢れつつ栄螺売る

透き通る潮の流れに若布あり

長靴の子等石蓴採り谷津干潟

黒光りしつつ荷揚の籠の海苔

海苔舟の洗ひ沖より夕日さす

さざ波に黒き脚濡れ春の雁

一息に潮吹きあぐる浅蜊かな

貝魚小松菜もあり浜の市

葉のまじり枝垂れ桜の地に触るる

集落の石垣に垂れ芝桜

蔵王堂反り屋根厚く花の中

宿の朝菫咲く道戻りけり

垂れ籠めて雲より白き夕桜

花見場と立て札の立ち山の寺

檜皮葺き造りの堂や花会式

山吹や堂に秘仏の金の厨子

森の道一人静の真白かな

間伐材転ぐる森や蕗の薹

糠雨に濡れて芽吹きの奥の院

藪椿川に浮きつつ廻りけり

庭園に木香薔薇のまづほぐる

湧き水の落つる音して黄蝶舞ふ

梢まで欅芽吹きのバス通り

春雷の一喝ホーム雨激し

高畝に葱苗添はせ植ゑてあり

剪定の枝束ね立て梨畑

梨の花風に散りゆき雨催ひ

沈丁花雨に香りてなほ蕾

長鳴きのうぐひすに会ふ谷津田かな

蝌蚪の紐ほぐれて池に固まれり

羽傾げ草に紛るるしじみ蝶

耕耘機あと追ひ鴉よろめけり

青麦の茎ますぐ立ち丈揃ふ

キャベツ苗植ゑ畑すみに補植苗

畑暮れて人の出てゐる春月夜

山家より田へますぐ飛び朝燕

日に光り細波寄する春田かな

用水の岸辺に丸き田螺這ふ

鱒釣りの腰まで入る山湖かな

山道にほぐれ菫の丈短か

沈丁の香りはじむる月夜かな

茶摘機の袋膨らみつつ進む

夏

葉桜や参道の茶屋鰻裂く

バス停に新茶入荷の幟立つ

街道の茶屋盆に乗せ新茶売る

参道の地べた茣蓙敷きすもも売る

梅雨明けの空白雲の盛り上がる

鈴蘭の小鈴連なり雨の中

大笊に柔かき梅並べ干す

高原のキャベツ大ぶり朝荷着く

雨弾きつつ枇杷の色付き始む

山雀の木下に戻り通り雨

夕日射すままに雷鳴り雨激し

雨上がり若葉の森に絵画展

華厳落ちしぶき滝壺真白かな

杉落葉積もりてすべり札所道

岩一歩一歩踏みしめ鶺の子来

葦叢に鳰抱卵の浮巣かな

脱ぐ皮の下草に落ち今年竹

しぶき上げ渓水流れ糊空木

森に沿ひ流るる辺り著莪の花

拝殿へくぐる鳥居や額の花

夏山に手を取り親子連れ登る

川原道辿り雪渓仰ぎけり

老鶯の棚田棚田に響き鳴く

浅間山煙上がらず燕舞ふ

朝焼の山朝焼の雲脱がず

塩水を以て禰宜清め神輿道

街暮れて祭太鼓の鳴り始む

担ぎ手の掛け声揃ひ大神輿

砂礫地に岩爪草の真白かな

青林檎丸ごとかじり里日和

土落とし筍湯掻き刺身とす

菖蒲田の小径横切りホース伸ぶ

乗鞍高原

梅花藻の蕾流れにほぐれ立つ

鯉ふいに来てあめんぼう池走る

草むらに潜み小綬鶏羽ひろげ

日暮れまで殻に引っ込み蝸牛

護摩の火の燃え上がる堂額の花

石楠花のほぐれ開基の奥の院

堂縁の椅子より眺め著莪の花

森くだり登り止まずの蟬時雨

切り立てる崖の割れ目に紫蘭さく

雨雲の迫り畑に瓜の花

首伸ばし青田を行けり夕小鷺

白き喉鳴くたび震へ河鹿かな

夏草に仔牛放たれ牧駆くる

谷津干潟三句

海暮れて河口飛び行く河鵜かな

波にのりもぐりて河鵜魚を追ふ

鵜かたまり魚追ひ込み谷津干潟

玫瑰の香り海辺に潮満ち来
引潮に蟹鋏振り穴出づる
砂混じる高波の寄せ梅雨の安房

佐渡航路白波の立ち夏の海

長き列素足火渡りお開帳

日当りの柵に腹付け川蜻蛉

秋

菊日和聖堂孔子像祀る

朝冷えやニコライ堂の鐘響く

窓際に庭の菊活け十三夜

開花して朝顔園の門ひらく

実る田も刈田も続き奥羽線

埋立の地に二段掛け稲架並ぶ

大群のふいに飛び出し稲雀

夕間暮れ畑に鈴虫声の澄む

胡麻畑莢のふくらみ里晴るる

日光三句

船に乗り迫る霊山霧晴るる

男体山湖上に仰ぎ秋の暮

男体山霧雨の閉ぢ登拝路

赤とんぼ観瀑台に濡れて舞ふ

麻紐に結ひ巫女の髪霧に濡れ

富士塚に立ち新雪の富士拝す

富士塚の細道に咲く野菊かな

盛り上がり杉の根堅き秋山路

信濃路のりんご枝ごと赤くなる

青き実の根元にころげ梨摘果

かたまりて葉陰に垂るる鬼胡桃

野の草に混じりて淡き柚香菊

渓谷の飛び石渡り紅葉狩

里の爺小屋に柚子売り渓の路

大噴湯川原道あり十三夜

山腹に霧湧くままにダム暮るる
袴ごと落つる小楢や風ゆふべ
月と星近付きともに光りけり

秋風の鉄鎖を握り岩を攀づ

山小屋の小窓打ちつつ秋時雨

吹きつくる風が風押し秋の尾根

雨上がり成田の森に菊花展

野の芒ほぐれぬままに供へけり

朝の森ころげどんぐり拾ひけり

崖の杉根元削げ落ち秋出水

声掠れ鸖鳴き秋の沼日暮

一瞬に霧湧き流れ橋覆ふ

山の湯の湖畔に座り月仰ぐ

源流に湯けむりあがり朝紅葉

椋鳥の長く連なり風の沼

湾岸の外灯点り十三夜

白鷺の海辺を歩く月夜かな

杭の上海猫の鳴く月夜かな

今日の月照りつつ昇り海の上

突堤に浪立ちあがり台風来

海暮れて夕暮れ長き刈田かな

潮引きて森より鳴の舞ひて来る

引潮の浪音高し秋の暮

朝掬ぎのたうもろこしや畑に買ふ

台風来胡瓜支柱の飛ばさるる

山上の楓幼木まで紅葉

三門に菩薩を祀り秋彼岸

隣家とも小粒柿熟れ山日和

籾殻に山芋埋もれとどきけり

新藁の隙間なく巻き大蘇鉄

冬

藁囲ひして植ゑ替への冬牡丹

山寺の石段狭し朴落葉

茅葺きの軒に風花舞ひて来る

ストーブのある山小屋の通路かな

渓谷の岩の埋づもり散落葉

岩伝ひ地下水冬の渓へ落つ

日の沈みはるか雪嶺浮びけり

綿虫の細き脚垂れ舞ひゆけり

屋根の雪日暮れ音たて落ちにけり

仲見世や振袖外人年の暮

屋形船小舟つなぎて冬鷗

ニュータウン家並白し小雪舞ふ

ニュータウン池に白鳥今日来たる

啼き合ひて白鳥空へ首伸ばす

首を背に乗せて白鳥雨後の池

畦焼きの野道にとまり消防車

精米の水車回るや小雪舞ふ

厚き葉の降る雨弾き石蕗の花

道の辺にひとつまた落ち実千両

鳰潜り橋のたもとにすぐ戻る

堂灯り綿虫の舞ふ寺領かな

リヤカーに落葉積みあり奥の院

高畝に総立ち葱の青さかな

枝に来て尾を上下の冬の鶺

鯉濃のよべに煮込みて囲炉裏端

敷き筵降りたる霙まだ解けず

信濃

除雪して乾きまた降る信濃かな

宿の軒衣服払へば雪零れ

雪小降り湯宿の窓に利鎌月

噴煙の上がり雪嶺浅間かな

朝日さし牡蠣の漁場に舟並ぶ

港町屋台の点り酉の市

小春日の渡舟の前を鷉泳ぐ

満ち潮の音なく満ちて鴨泳ぐ

横並び波間に潜りかいつぶり

星ひとつ出で木枯の吹き始む

信濃三句

降る雪に真白く尖り烏帽子岳

中天の雲間寒月澄み昇る

山よりの颪に紛れて霰降る

夜神楽のかがり火点り翁舞

納め札檜葉敷き並べ修行僧

大太鼓鳴り納札焚きはじむ

山門に懸かり札所の冬桜

山門の上に日のあり小雪舞ふ

夜明前本堂灯り煤払ひ

煤払済みて毛氈敷き始む

餅搗きの大桶洗ひ寺の朝

堂前の注連飾り済み僧読経

小屋掛けの釘打ち響き年の市

街道のへりに落葉を燃やしをり

野沢菜の桶の中まで凍りけり

外皮の破れ白菜ひと並び

土付きの葱束ねあり軒に積む

鰻茶屋俎板洗ひ年用意

新年

初空に雲なし筑波二峯立つ

土手に立ち筑波に向かひ年あらた

日の光り海辺の宮に初詣

街路灯点るまま里初日さす

柴漬の仕掛け竿立ち初日射す

松飾り塗り替へ青き貝漁舟

笛太鼓鳴りて漁港の初神楽

緋袴の巫女揃ひ舞ひ神楽歌

年新た堂の読経の声揃ふ

注連縄のうす青きまま市並ぶ

羽子板の押し絵の袂はみ出せり

二歩弾み水田へ転げ初雀

一望に川あり畦に仏の座

菜畑に葉と葉押し分け薺摘む

改札に団子餅買ひ小正月

あとがき

　このたび、平成から令和までの一集をまとめてみることにしました。

　振り返ってみても挫折することなく、ここまで続けてこられたのは、令和四年にご逝去されました岡田日郎先生に、句会でお会いするたびにあたたかなご指導を頂けたお陰です。心から深謝の意を表したいと思います。

　そして日郎先生の傍で、句会の雰囲気を大切に支えてくださった、鈴木久美子先生からのご指導も私の宝物です。ありがとうございました。感謝の気持ちでいっぱいです。

　岡田先生が「徹底写生」と「雪月汎論」の二つの柱を提唱され

ており、少しでも近づき歩んで行くことが楽しみの日々でした。

また「山火」の皆様にはたびたびお声をかけて頂き緊張感ある雰囲気の中で、皆様の笑顔には何度も助けられたものです。本当にありがとうございました。

車の運転の得意な友人に初日の出を見に、沼への吟行に誘われて行った時のことは、今でも鮮明に思い出されます。

現地に着くと、浜辺はカメラマンで混雑し、想像以上の人出に驚いたものです。波打ち際には、かいつぶりが水中に潜っては、キリッ…と鳴き、愛しい風景に癒されたものです。

あらためて本句集出版に際しまして、土曜美術社出版販売の皆様、そして高木祐子様には大変親身になってご指導頂きました。ありがとうございました。

二〇二四年一月

蔭山節子

著者略歴

蔭山節子（かげやま・せつこ）

長野県上田市生まれ

令和4年11月まで「山火」同人
俳人協会会員

現住所　〒274-0825　千葉県船橋市前原西8丁目16-38

句集　菊日和《きくびより》

発行　二〇二四年三月二十五日

著者　蔭山節子
装幀　直井和夫
発行者　高木祐子
発行所　土曜美術社出版販売
〒162-0813　東京都新宿区東五軒町三—一〇
電話　〇三—五二二九—〇七三〇
FAX　〇三—五二二九—〇七三二
振替　〇〇一六〇—九—七五六九〇九
印刷・製本　モリモト印刷
ISBN978-4-8120-2824-7　C0092